KB105559

뜨끔뜨끔
광고회사人 메모장

뜨끔뜨끔
광고회사A 메모장

펴낸날 초판 1쇄 2015년 11월 1일

지은이 노수봉

펴낸이 임호준
이사 홍헌표
편집장 김소중
책임 편집 김유경 | **편집 1팀** 장재순 안진숙
디자인 왕윤경 김효숙 | **마케팅** 강진수 임한호 김혜민
경영지원 나은혜 박석호 | **e-비즈** 표형원 이용직 김준홍 차상은

인쇄 (주)웰컴피앤피

펴낸곳 북클라우드 | **발행처** (주)헬스조선 | **출판등록** 제2-4324호 2006년 1월 12일
주소 서울특별시 중구 세종대로 21길 30 | **전화** (02) 724-7636 | **팩스** (02) 722-9339
홈페이지 www.vita-books.co.kr | **블로그** blog.naver.com/vita_books | **페이스북** www.facebook.com/vitabooks

ISBN 979-11-5846-026-6 03810

• 이 도서의 국립중앙도서관 출판예정도서목록(CIP)은 서지정보유통지원시스템 홈페이지(http://seoji.nl.go.kr)와
  국가자료공동목록시스템(http://www.nl.go.kr/kolisnet)에서 이용하실 수 있습니다. (CIP제어번호: CIP2015027440)
• 북클라우드는 독자 여러분의 책에 대한 아이디어와 원고 투고를 기다리고 있습니다.
  책 출간을 원하시는 분은 이메일 vbook@chosun.com으로 간단한 개요와 취지, 연락처 등을 보내주세요.

북클라우드🌱 는 건강한 마음과 아름다운 삶을 생각하는 (주)헬스조선의 출판 브랜드입니다.

나는 메모한다 고로 존재한다

뜨끔뜨끈
광고회사人의 메모장

노수봉 지음

북클라우드

나의 직장은 광고회사이고 직함은 아트디렉터이지만, 직업은 [메모]다. 그렇다. 메모하는 것이 나의 직업이다. 광고주의 피드백을 메모해야 하고, 회의 때 깔 아이데이션을 메모해야 하고, 선배들의 저녁 메뉴를 메모해야 한다. 퇴근 후에도 직업은 끝나지 않는다. 장보기 리스트와 SNS에 올릴 그럴싸한 글, 그리고 새벽 3시 문득 떠오르는 소녀 감성을 메모하며 하루를 마무리한다.

　내 직업을 메모로 선택한 이유는 바쁘게 돌아가는 세상에서, 감정도 덩달아 바빠진 탓이 크다. 연애의 찌질한 감정, 직장에서 분노한 감정, 여자로서 느끼는 마이크로 섬세한 감정까지…. 정신 없음에 감정 변덕이 겹쳐져 '내가 방금 무슨 느낌이 들었더라?' 하고는 불과 몇 초 전의 나를 잃어버리기 일쑤였다. 그런 순간의 감정들이 한 줌 쥐면 새어나가는 모래가 될까 두려워 흙으로 바꾸기 시작했다. 그 연금술은 메모 하나로 가능했다. 흙이 된 메모는 무엇이든 자랄 수 있는 토양이 되었고, 그 토양에는 화려하고 익숙한 꽃들만 피지는 않았다. 잔망스러운 잡초도 피고 야물딱진 야생화도 피었다.

이 생각, 저 생각을 닥치는 대로 적어온 지 수년이 되어갈 때쯤, 그러니까 메모에서 자라난 잡초와 야생화들이 정글처럼 뒤엉키고 있을 무렵이었다. 어느 날 갑자기 무슨 사명감이 들었는지 연습장에 흩어진 메모들과 스마트폰에 기록된 것들을 모아 정리하기 시작했다. 집에 와서도 퇴근할 수 없었다. 야근 수당이 있는 것도 아닌데 밤을 꼴딱 새우며 작업했다. 몇 년 치의 메모를 정리하고, 그것을 블로그와 페이스북에 올리자 몇 개월 뒤 다음 스토리볼에 '광고회사人 메모장'으로 연재할 수 있게 되었다. 540만이 넘는 조회 수와 무수한 직장인들의 공감을 얻으며, 메모들은 나를 작가로 데뷔시켰다.

참으로 기분이 오묘했다. 혼자서 킥킥대던 내 생각을 누군가 공감해주고 공유하다니 말이다. 그것은 내 사명감을 더 짙게 만들었다. 그래서 밤엔 회사원, 새벽엔 작가, 아침엔 지각쟁이가 되기를 1년. 이 책이 탄생할 수 있었다. 이 책은 마치 나의 두뇌 한 구석을 X-ray로 찍어놓은 것처럼 내 생각이 고스란히 프린팅되어 있다. 연필로 몇 자 적고 그림을 그려 넣는 행위가 내겐 하이테크놀로지의 결정체인 셈이다. 길게는 10년까지 쿰쿰하게 묵혀놓은 것부터 짧게는 며칠 전 적어놓은 신상 메모까지 책에 옹기종기 모여 있다.

『뜨끔뜨끈 광고회사人 메모장』을 읽은 독자들에게 가장 바라는 것이 무엇이냐 묻는다면 바로 '공감'이다. 사람의 감정을 바란다니! 큰 욕심일지도 모른다. 그럼에도 불구하고 백 번 물어 백 번 답해도 공감이다. '나만 왜 이렇게 힘든 걸까?' 하고 감정의 무인도에 쉽게 갇혀버리는 이 외로운 세상, 그 S.O.S에 응답해줄 수 있는 건 자신과 같은 사람들이 있다는 사실을 보여주는 것 아닐까? 공감의 다른 말은 '외롭지 않다'니까. 미친 듯이 치열한 하루하루를 묵묵히 버티고 있는 당신에게 이 책 속 공감이 빠알간 장미꽃 백 송이 선물과 같기를 바란다.

마지막으로 사랑하는 우리 가족, 몇 안 되는 내 친구들, 든든한 광고회사 선배님들, 그리고 나와 함께 1년 메모농사 지어 책으로 수확해준 김유경 편집자님께 감사드리며.

저자 노수봉

목
차

1

오늘도
출근합니다
대한민국 직장인

2

삶은
가까이서 보면
비극이고
멀리서 보면
희극이다
찰리 채플린

오늘도
출근합니다.

대한민국 직장인

1

철인 3종 경기
출근길

종목 1.
빨리 달리기
난이도 ★★☆☆☆

종목 2.
서서 폰 오래 보기
난이도 ★★★☆☆

저거 놓치면
또 지각!!!!!!

내가 폰을 보는건지
폰이 나를 보는건지.

우리는 모두 아침 8시,
철인이 된다.

종목 3.
압축파일 되기
난이도 ★★★★★

장래희망
이번 주 로또

우주 비행사에서 과학자,
과학자에서 명문대생,
명문대생에서 토익 900점,
토익 900점에서 대기업 직원,
대기업 직원에서 승진,
승진에서 이번 주 로또.

우리의 장래희망은 진화한다.
비현실적 세상에 살기 위해
현실적으로.

"이번 주만 되게 해주세요."
몇 년째 직장인 장래희망

상상의 동물
피드백

전통적이지만 트렌디하고
시원하면서 따뜻한 톤으로.
심플하지만 허전하지 않게

그런 물방울로 바꿔주세요.

주요 서식지는 갑님의 뇌 속.

생김새는 갑님의
기분에 따라 변한다.
혹은 경쟁사의 괜찮은 것을 보고
배가 아파
더 크고 더 웅장하게,
점점 과격하게 변할 수 있다.

현상금 '퇴근'을 걸고
몇천 명의 직장인이
저녁마다 고군분투하며
찾아 헤매는 동물.

CCTV
선임

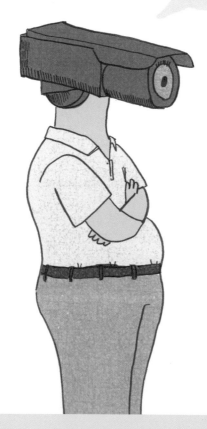

시설물의 안전과 범죄 예방을 위해 설치된
일반 CCTV와는 다른 성격의 그것.

취지부터가 좀 남다른데,
선임의 습관성 호기심 혹은
실시간 피드백을 위해 가동 중.
(대부분 나중에 피드백 줘도 되는 것들)

살아 있어서 360도 회전이 가능하고,
일에 도무지 집중을 할 수 없게 만드는
하이테크놀로지의 집약체.

일을 하다 뒤통수가 찌릿하면
선임 CCTV 작동 중일 가능성이 농후하다.

잦은 작동으로
화가 끝까지 치밀어 오를 때는
모니터에 아주 큰 거울을 붙여놓고는
쳐다보는 당신의 얼굴이 얼마나
비호감인지 일깨워주는 방법이 있다.

모두 점심약속 있다고 해서
나와 상사만 남았다.

나도 약속 있다고 해버렸다.

옆자리 동료가
창을 아주 작게 만들어
잡코리아를 본다.

잘 해줘야겠다.

酒가상승
쏘주 4천 원

어디의 대주주는
주가상승에 기쁘다던데,
어디의 개미들은
酒가상승에 좌절한다.

코스피, 코스닥은 몰라도
오징어, 노가리는 잘 아는
이들에겐 꽤나 치명적 사건.

안주는 신세 한탄으로 대체한다지만
쏘주는 대체 에너지가 없다.

1만 원이면 3병을 먹고도
1천 원이 남았던 시절은
이제 역사 속으로 사라지고 있다.

씁쓸한 하루를 달래주는
약값이 올라버린 지금,
이젠 위로하는 것도 돈 걱정을 해야 한다.

마음의 소리
괜찮아요

막차 퇴근 (　) 괜찮아요.
재롱 잔치 회식 노래방 (　) 괜찮아요.
표정 관리 안 되는 농담 (　) 괜찮아요.
그림의 떡인 월차 (　) 괜찮아요.
억울한 인사평가 (　) 괜찮아요.
연봉 통보 (　) 괜찮아요.
커피 심부름 (　) 괜찮아요.
주말 회사 등산 (　) 괜찮아요.

대한민국 상사 여러분,
부하 직원의 마음의 소리가
들리는 기적을 보여드리겠습니다.

(　　) 속, '안'을 넣고
다시 읽어보세요.

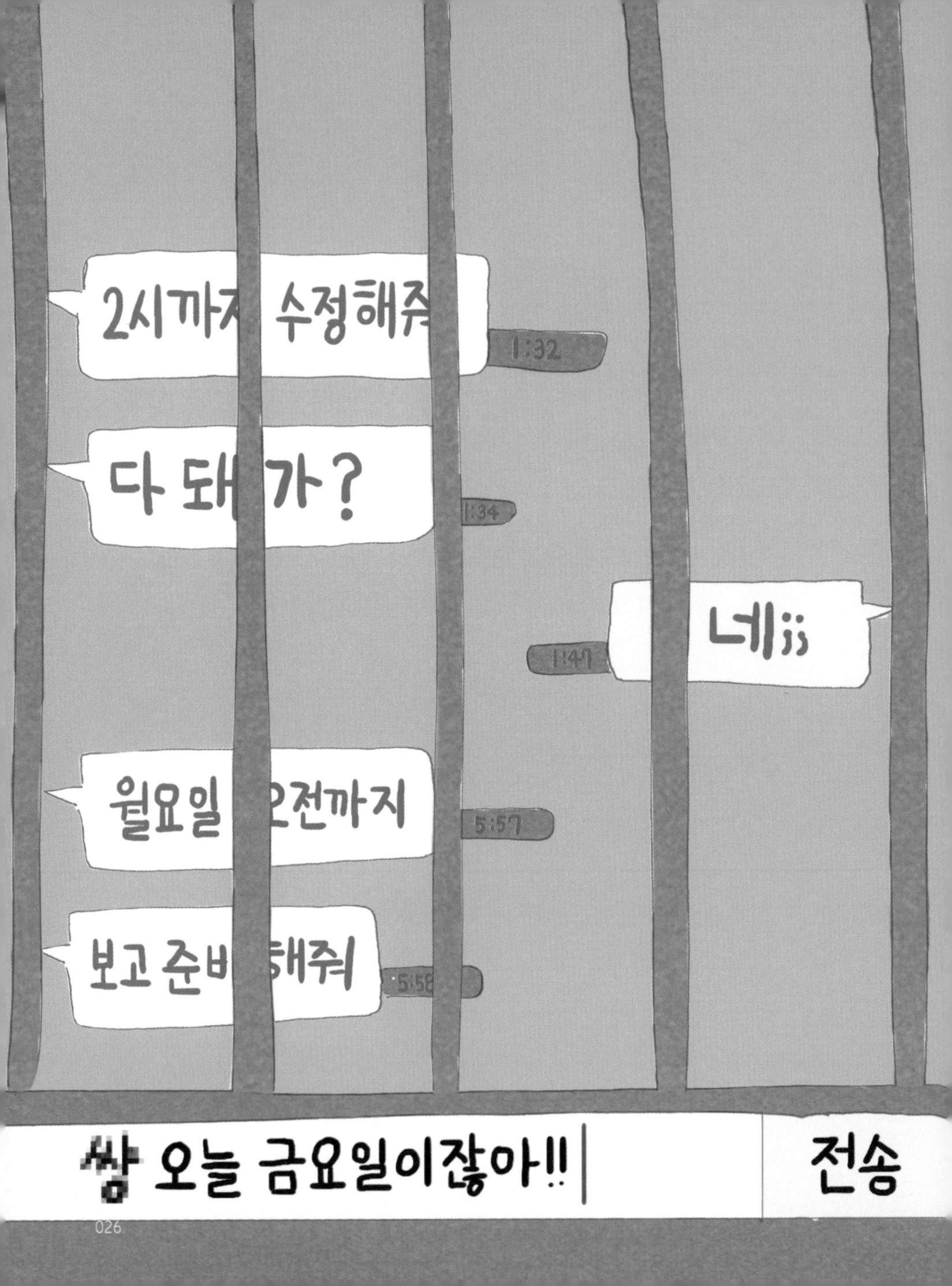
2시까지 수정해줘
1:32
다 돼가?
1:34
네;;
1:47
월요일 오전까지
5:57
보고 준비해줘
5:58
쌍 오늘 금요일이잖아!!
전송

무기징역

카톡 감옥

상사의 '까똑' 울음소리
한 번이면
토요일이든 공휴일이든,
집이든 맥줏집이든,
그 어디라도 사무실로
순식간에 변신 가능.

시공간을 초월하는
신개념 감옥.

사생팬
직장상사

난 당신의 **아이**돌이 아닙니다만.

"요즘 어때?"라는 질문에
"똑같지 뭐"라고 대답했다.

한숨 나오면서도
다행스러운 요즘.

입사 전 생태눈빛

입사 후 동태눈빛

저녁 뭐 시킬까?
퇴근이요

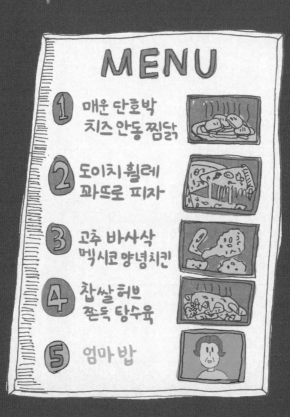

매운 단호박 치즈 안동찜닭보다
도이치 휠레 꽈뜨로 피자보다
고추 바사삭 멕시코 양념치킨보다
찹쌀 허브 쫀득 탕수육 세트보다

김치에 물 말아 먹어도
우리 엄마 밥이 더 맛있어요.

저녁 말고
퇴근 정식 1인분
시켜주세요.

초현실
월급은 현실인데
집값이 초현실

부동산,
세상에서 가장 콧대 높은 전시장.

집값이 그려진 A4캔버스가
부동산 윈도우에 도도하게 걸려 있다.

소더비 경매장을 방불케 하는
억 소리 나는 작품값으로
서민들이 함부로 입장했다가는
헉 소리 나기 일쑤.

대부분 손님들의
현실적 월급으로는
답이 없다는 걸 익히 알고 있는지,
대출이라는
20년 노예 약정 방법이 있다고
친히 알려주시기도 한다.

집값은 꿈과 환상의 나라에 살고 있고,
월급은 출근하는 무거운 발걸음에 살고 있다.

일, 요일
일요일

아~ 일하는 날이라
일요일이구나.

인턴 때 눈치 챘걸.

삶은
가까이서 보면
비극이고
멀리서 보면
희극이다

찰리 채플린

2

여름
지하철 장마

직장인 기상청에 따르면,

7:30 - 9:00 am

지하철 2호선
집중 호우주의보 예상.

콧구멍 우산. 어디서 안 파나요?

자취생

행복이 섬세해져

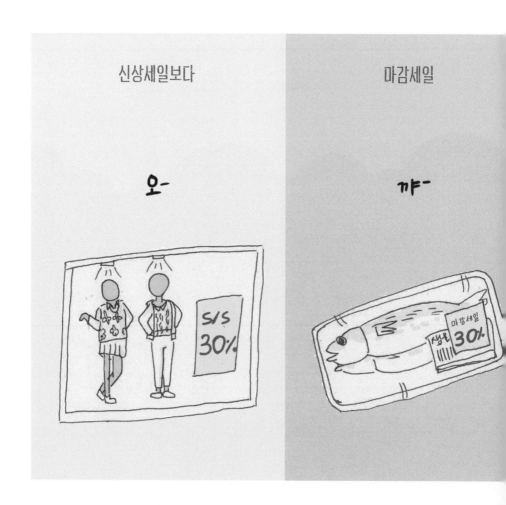

적금보다   적립금

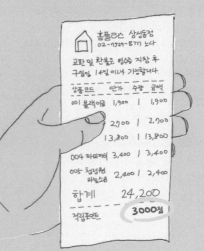

가로수길 맛집	▲	검색

삼청동 맛집

강남 맛집

홍대 맛집

경리단길 맛집

위 검색어 결과에
블로그 리뷰가 있느냐 없느냐,
이것이 맛집의 기준.

오늘날 맛집은 어쩌면
맛있는 집을 일컫는 것이 아니라
리뷰에 있는 것을
그대로 먹어보기 위한
일련의 과정을 총칭하는 말일지도 모른다.

한 번쯤 용기 있게
리뷰 속 긴 줄의 맛집을 지나쳐
왠지 끌리는 간판으로 들어가보자.

어디에도 노출되지 않은
나만의 비밀 맛집이 생기는
특권을 누릴 수 있다.

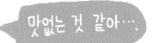

맛없는 것 같아…

맛집
리뷰 만능주의

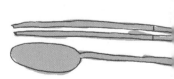

그 맛에 먹는 거래.

페북로프의 개
자다가도 벌떡

SNS 조건반사 리스트

앱 우측 상단에 빨간색 동그라미가 붙으면 두근거림.
별로 '안 좋아요'인데 친한 사람이면 일단 '좋아요'.
어디 놀러 가면 왠지 포스팅해야 하는 의무감.
내 게시물의 '좋아요' 숫자 수시로 체크.
그 숫자가 적으면 왠지 불안 섭섭.

불면증 원인
작가 본능

개그를 설명하는 것만큼
구차한 일.

상사가 구글 번역기처럼 말하는
답답한 일.

셀카봉으로 찍은 걸 들킨 것만큼
부끄러운 일.

왜 연락 안 하냐고
물어보게 하는 일.

5만 원 이상 사면
한정판 에코백 준다는데 日천 원 남았다.

제일 저렴한 무지티를 사서 결국 5만 원을 채웠고
한정판 에코백을 받았다.

에코백 갑부
어느새 비닐봉투만큼 많아진 게야!

가슴골이 은근히 보여서
회사에서 입기 애매한 무지티.

에코백은 김밥처럼 돌돌 말려 있고,
무지티는 옷장에서 발효 중.

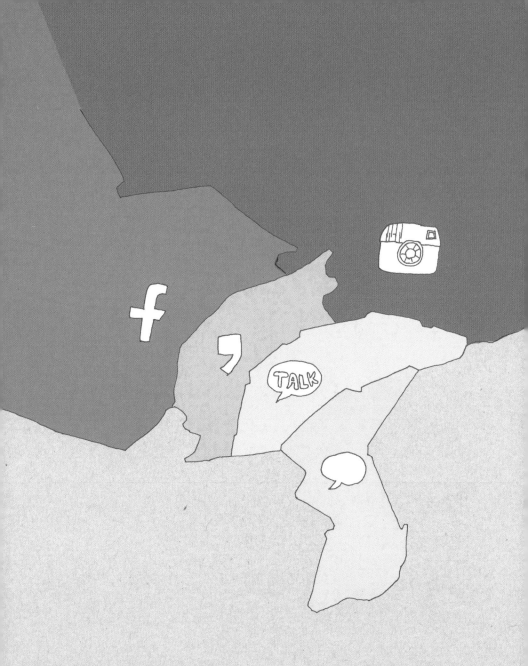

영토 확장
부모님 SNS

5년 전,
문자로 밥은 먹고 댕기냐,
안부를 물으셔 깜짝.

2년 전,
카톡으로 사진 보내며
백김치 담갔다 자랑하셔서 깜짝.

3개월 전,
카스에서 등산 다녀오신 모습이
보여서 깜짝.

부모님의 SNS 영토가 확장될 때마다
내 사생활을 들킬까
가슴이 철렁.

친추 하면, 친구는 아니니까
부모님이니까 안 받아도
양심에 어긋나는 것이 아니라며
벌써부터 합리화, 궁여지책을 만드는 중.

SNS 이민 준비해야겠다.

알람시간 번역기
기상 마지노선

오전 알람   6:00

오전 알람   6:20

오전 알람   7:00

오전 알람   7:40

오전 알람   8:10

오전 알람   8:50

헬스장 가야지.

밀린 영어 공부 해야지.

아침밥은 먹을 수 있겠다.

마스카라는 할 수 있겠다.

택시 타면 돼.

으아아아아아아악!

번뇌
뿌염 or 검염

치사하게 벌써 올라왔냐.

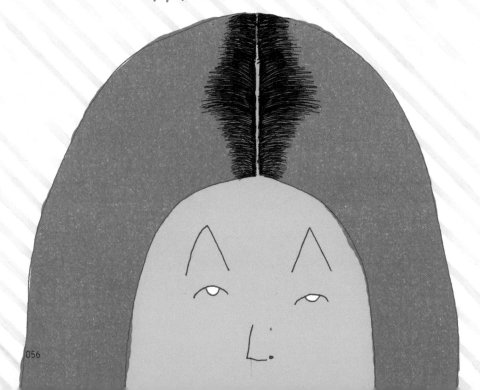

뿌염하자니
시한부 갈색 머리가 걱정이고.

검염하자니
기가 세 보일까 걱정이고.

뿌염이냐 검염이냐,
그것이 문제로다.

흠칫
시도 때도 없이
셀카모드

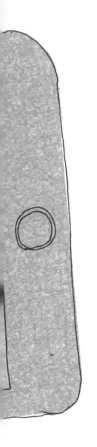

전전남친이 친구 추천 떠서 흠칫
스타킹 구멍 났는데 좌식 식당 가서 흠칫
화장품 샀는데 다음 날 40% 세일이라 흠칫
동기가 내 옛날 사진 태깅해서 흠칫
후배 밥 사주는데 런치할인 없어져서 흠칫
간신히 앉은 지옥철, 어르신이 앞에 오셔서 흠칫
썸남과 카톡, 엄마가 뒤에서 보고 있어서 흠칫
브래지어 어깨끈 한쪽이 갑자기 풀려 흠칫
13월의 보너스 기대했는데 마이너스 떠서 흠칫
전남친 프사가 웨딩 사진으로 바뀌어서 흠칫
구인광고 보는데 팀장이 뒤로 지나가서 흠칫

마음 잘 날이 없다.

실수는 성스러운
자연의
일부분이다.

필립 할스만

3

최연소 타이틀
내 인생이 허무해져

최연소 금메달,
최연소 S대 수석 입학,
최연소 판사,
최연소 CEO,
최연소 노벨평화상,
최연소 사법고시 패스.

세상이 시키는 대로
그 나이에 주어진 것을 착실하게
한 살 한 살 살아온 나에게
뒤통수를 한 방 날리는 그 이름,

최연소.

어디에든 최연소 타이틀이 붙어버리면
그 나이의 사람들을
상대적 허무함에 빠뜨리고 만다.

심지어 과거 그 나이의 나로 돌아가
'이때 뭐 했더라?' 하고
질책까지 할 때도 있다.

많은 나이에 이루면 어떻고
적은 나이에 이루면 또 어때서.

지나온 세월을
덜 열심히 산 것처럼
치부해버리는 최연소.

마음의 평화를 위해
그 단어의 사용을 지양합니다.

적신호
단순 탈모 문제가 아니야

ARE YOU HAPPY NOW?

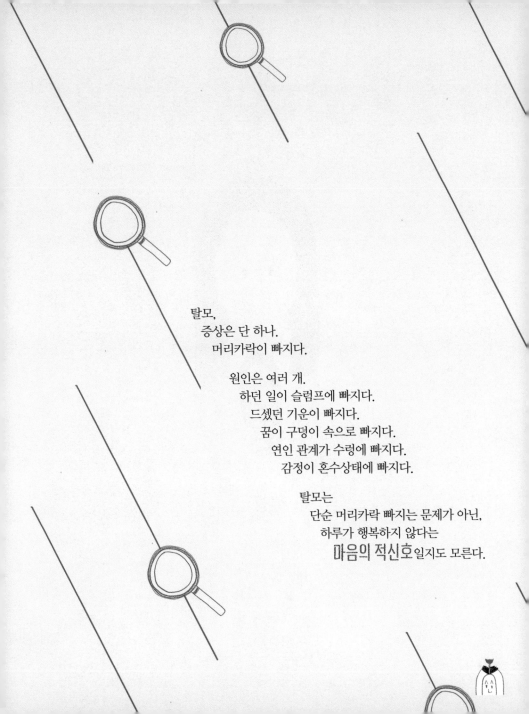

탈모,
　증상은 단 하나.
　머리카락이 빠지다.

　원인은 여러 개.
　하던 일이 슬럼프에 빠지다.
　드셌던 기운이 빠지다.
　꿈이 구덩이 속으로 빠지다.
　연인 관계가 수렁에 빠지다.
　감정이 혼수상태에 빠지다.

　탈모는
　단순 머리카락 빠지는 문제가 아닌,
　하루가 행복하지 않다는
　마음의 적신호일지도 모른다.

언제더라
어린애 취급

인생에서 어린애 취급을 받는 건
생각보다 짧다.

여덟 살이면 이미 수학 시험지 점수에 책임질 나이,
백세 시대에 10분의 1도 어린애 취급을 못 받는다는 소리.

너무 이른 나이부터 받은
"넌 할 수 있을 거야"
"넌 잘할 거야"라는
응원 어린 책임 전가.

그리하여 발효가 덜 된 어른으로
완성되어버린 내 모습.

어디론가 실종된
괜찮지 않다고 말할 자유,
위엄 있지 않아도 될 자유,
책임회피의 자유.

마음 한 구석,
깊숙한 저기 저 아래, 김장독처럼 묻어놓았던
천진난만한 어린애의 자유는 푹 삭혀지고 있다.

가끔은 무책임하고, 칭얼대는 자신의 모습에
죄책감이나 자괴감 따위는 갖지 말자.

우리는 충분히 누릴 자격이 있다.

도전
인생 기네스북

내 인생의 세계 최초 기록.

아빠와 조조영화 보고 맥런치 먹기,
394번 버스 종점까지 타고 가기,
한강에서 십팔번 곡을 불러보기,
승산 없는 짝사랑 고백하고 시원하게 차이기,
초코파이 안 받고 헌혈하기,
엄마 김장 김치 담글 때 옆에서 양념 조수하기,
파리바게트를 지나쳐 동네 빵집에서 투박한 단팥빵 사기,
쓸 말 뻔해도 가족에게 손편지 선물하기,
오천 원 미리 준비해서 빅이슈 사기.

인생기네스북

아빠와 조조영화 보고
맥런치 같이 먹기

2015. 5. 3

인생의 세계 최초 기록들이
어느 순간 정체되어 있다면,
나만의 **기네스북 신기록**을 세워보자.

그 기록들은
누구 하나 박수 치거나 놀라진 않더라도
인생의 풍미를 더하는 데 일조한다.

행복 배틀

SNS

언프리티행복,
쇼미더행복,
슈퍼스타행복,
케이팝행복.

SNS는 치열한 행복 배틀장.
누가누가 더 행복한지 뽐내기 위해
저마다의 행복 장기를 뽐낸다.

악마의 편집이 아닌
자체 천사의 편집으로,
하루 중 가장 봐줄 만한
프레임만 솎아내어
방영한다.

그러니
너무 부러워하거나
노여워하지 말 것.

제 점수는요—
옛다, '좋아요' 한 개,
하고 채널 돌릴 것.

소소한 행복 1
괜찮다고 생각한 구절에
옛날의 내가 줄쳐놨을 때

똑같은 부분에 또 감동받았다.
내 감성, 여전해서 다행이야.

소소한 행복 2
냉탕에 힘들게 들어가고
5분 후 적응해서 물장구

심지어 냉탕 신입이 차가워서 쩔쩔매며
못 들어오는 거 보면
내 마음은 한없이 우쭐우쭐.

소소한 행복 3
밑줄도 토실토실한
딸기 팩 골랐을 때

나의 미친 직감 좀 보소!

소소한 행복 4
반찬 만들고
딱 맞는 반찬통에 부었을 때

나의 미친 눈썰미 좀 보소!

가치발굴사
귀인

내가 변하길 바라기보다
내 안의 가치를 발견하는 사람

귀인,
내 가치를 알아보는 사람.

누구는 돌멩이로 보는 것을
귀인은 틈새에 숨어 있던 금가루마저 발견해준다.

일이든 사랑이든 귀인을 만나는 것은
생각보다 굉장히 중요한 인생의 전환점.

지금 이 순간 사랑받지 못하거나,
일에서 인정받지 못한다는 느낌을 받는다는 건,
아직 진정한 가치를 알아보는 사람이
곁에 없을 뿐.

걱정하지 말자.
우리는 이미 충분한 가치가 있다.

다, 행복
다행, 복

오늘도 눈을 뜨니 눈이 떠져서 다행.
오늘도 가스 불을 켜니 가스가 켜져서 다행.
오늘도 숨을 쉬니 숨이 쉬어져서 다행.
오늘도 스탠드를 켜니 전구에 불이 들어와서 다행.
오늘도 손가락을 움직이니 움직여져서 다행.
오늘도 행거를 보니 걸쳐 입을 옷이 있어 다행.
오늘도 수도꼭지를 트니 물이 나와 다행.
오늘도 카드를 긁으니 무사결제 되어 다행.

행복의 시작은,

무조건
다, 행복을 원하기보다
당연한 것을
다행, 복으로 깨닫는 것.

다행복

다행복

다 행 복

다행복

인생 폴더
사랑파일 3TB

인생 폴더엔 어떤 파일이 들어 있나 하고 들여다봤더니

내 그림 폴더 ㅡ
네 살 때 요구르트 똥구멍으로 여덟 개 연속해서 먹던 나.
큰언니 피아노 학원 마중 나간 추운 날
당신의 잠바 속으로 날 감싸준 할아버지.
빨래 널기 싫어서 옷걸이를 숨긴 내 동생.
지방 대학교 기숙사 들어가던 날
펑펑 서럽게 울던 우리 엄마.

내 음악 폴더 ㅡ
할아버지가 돌아가신 뒤
장례식장에서 울려 퍼진 아이고 곡소리.
대학교 합격한 뒤 버스에서 흥얼거리던 노래.
처음 가본 이태원 클럽에서 연신 F**K를 외치던 비트.
썸남이 고백할 때 들려주던 수줍은 발라드.

지금 와 열어보니 옅은 미소를 띠게 하는 폴더들.

그런데 한쪽 구석에 용량 초과된 휴지통 폴더 속,
미련을 못 버린 파일들이 나뒹굴고 있다.
면접에서 무안을 선물한 면접관.
부케 안 준 친구에게 삐친 감정,
탕수육은 남동생만 주던 할머니,
전남친과 헤어진 한강공원,

미련의 조각들은 나도 모르게 스멀스멀,
인생의 찜찜함을 유발시키는 바이러스로 변종되었다.
용량만 잡아먹는 그런 미련 따위
과감히 Shift+Delet.

인생 폴더는 행복과 사랑파일로 채우기도 부족하다.

한참을 고민하다
크런키 대신 페레로로쉐를 집었다.

괜찮아, 나 오늘 고생했잖아.

행복한 척 말고
행복하고 싶다.

괜찮은 척 말고
괜찮고 싶다.

사랑은 삶의 최대
청량제이자
강장제이다

파블로 피카소

4

덕담
딱 꼬실 때만큼만

여자 :

꼬실 때만큼의 관심을 보여줘!

남자 :

반했을 때만큼의 신비로움을 보여줘!

사랑
심장에 월세

우심방, 좌심방.

중학교 생물 시간,
심장에 방이 두 개라는 사실을 알았다.
방이 두 개면, 방 주인도 두 명인 법.
즉, 한 번에 두 명까지 사랑할 수 있다는 것.

그날부터 [동시에 두 명까지 사랑하는 건 무죄]라는
나름의 사랑 헌법을 세웠다.

좌심방에 그대를 담고,
우심방에 조니 뎁, 진구, 이지도르 카첸버그,
베르나르 베르베르, 조PD, 그리고 송강호를 구겨 담는다.

우심방은 연간 이상형으로 전세를 살지만
좌심방은 관심의 월세를 주지 않으면
언제라도 세입자 교체 준비.

갑의 횡포라고 꾸짖어도 어쩔 수 없다.
사랑도 거래의 일종이다.

카운트다운
여보세요?

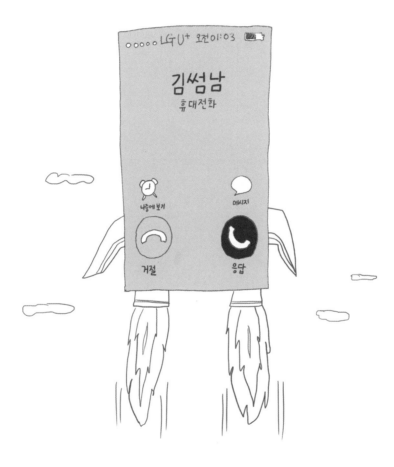

넷
셋
둘
하나.
발사!

여보세요?

휴대전화를 하다가
'걔'한테 연락이 오면
카운트다운을 하고 받는다.

기다린 것 들키고 싶지 않아.

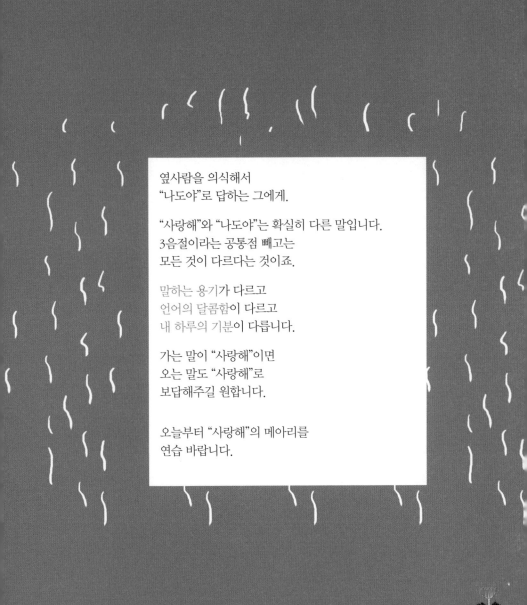

옆사람을 의식해서
"나도야"로 답하는 그에게.

"사랑해"와 "나도야"는 확실히 다른 말입니다.
3음절이라는 공통점 빼고는
모든 것이 다르다는 것이죠.

말하는 용기가 다르고
언어의 달콤함이 다르고
내 하루의 기분이 다릅니다.

가는 말이 "사랑해"이면
오는 말도 "사랑해"로
보답해주길 원합니다.

오늘부터 "사랑해"의 메아리를
연습 바랍니다.

검색엔진
할 말 없어?

머릿속
검색엔진 가동력을
최대치로 올리는
마법의 네 글자.

"(나한테) 할 말 없어?"   ▼   검색

최근 삐친 목록,
연관 시무룩,
실시간 표정,
모두 검색해봐도
검색 결과 없음.
지식인도 모름.

"할 말 없어?"의 참뜻은
어쩌면 당사자도 모른다.
예전처럼 잘 지내고 싶다는
일종의 마음신호일 수도.

두우근 두우근
사랑 박동수

예전에는
심장 박동수를 빠르게 하는
사람이 좋았다.

요즘에는
심장 박동수를 느리게 하는
사람이 좋아졌다.

**험난한 세상 속
유일한 안식처.**

비밀번호
나한테도 비밀

대소문자 구분한 영문과 숫자,
특수문자로 구성된 12자 이상의 비밀번호를
3개월마다 바꾼 나의 비밀번호.

**로그인 때문에
휴대폰 인증만 세 번째.**

하의 실종
남친 대답

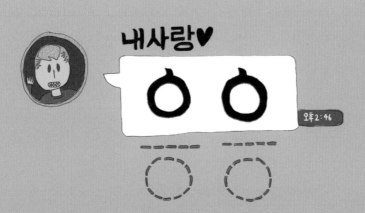

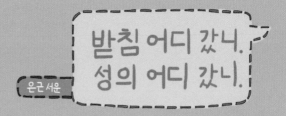

은근 서운하다, 너.

TALK 2

설마 그 사람일까?

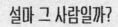

속았다
플러스 친구잖아

 KFC
(광고) 세 가지 치킨을 한 통에?! **2**

 유니클로
(광고) 여름 서프라이즈 기획. 기간 한정!

 카카오페이지
(광고) 이 만화, 아직도 못 봤다고?

 에잇세컨즈
(광고) 다른 해보다 일찍 찾아온 여름!

 문
밥 먹었어요?

또 너냐?

차이점
연애와 사랑

연애할 땐 내 행복만 알았다.

연애는 자신의 행복이 먼저인 것.
사랑는 상대의 행복이 먼저인 것.

사랑하니 그의 행복이 내 행복이 되었다.

"걔? 별로지 않아?"
라고 했던 친구가 걔랑 사귄다.

방어전이었나...

남성은 인간으로
규정되고
여성은 여자로
규정된다

시몬 드 보부아르

5

사실
춥지 않아

벗고 싶다, 가디건.
사실 겨드랑이 가리개일 뿐.

여자만큼
필요 이상의 걱정을
대출받아 하는
섬세한 동물은
지구상에 없을 것이다.

무한도전
앞머리

앞머리
자르고 싶다.

스티커 사진
가발 쓴 것 같아!

파마
해볼까?

음악의 아빠지다!

염색이나
해야지.

역시 개털!

자르고 기르고
자르고 기르고

사춘기 시절부터
지속된 무한도전.

시뮬레이션을 해봐도
옛날 사진을 봐도
안 어울린다는
수차례의 검증된 실험 결과가
있음에도 불구하고

후회할 걸 알고
후회를 해야 직성이 풀리는
여자도 모르는 여자의 심리.

파마하면 생머리이고 싶고
생머리이면 파마하고 싶은

　　　검은색 염색이면 갈색 염색하고 싶고
　　　갈색 염색이면 검은색 염색하고 싶은

　　　또 다른 무한도전도 있다.

이런 여자
또 없어요

소리 지르지 않고 나를 깨우는 방법을 아는 여자,
방귀 냄새가 나와 똑 닮은 여자,
매일 새벽 5시에 일어나는 여자,
3년 된 브라자를 아직도 하는 여자,
만 원 이상 하는 옷은 절대 사지 않는 여자,
옷 한 벌 사면 일주일 내내 입는 여자,
대파 계란찜을 끝내주게 하는 여자,
김장 김치 맛보기 후 리액션이 약하면 리액션을 대놓고 요구하는 여자,
아빠를 놀리는 유일한 여자,
해외여행은 무조건 파리라는 로망 강박관념이 있는 여자,
도배로 돈 버는 여자,
두 딸의 신혼집을 직접 도배해준 여자,
노동과 운동은 다르다는 여자,
운동할 때 노래 절대 안 듣는 여자,
영화는 무조건 조조영화로 보는 여자,
고향 가도 떠올릴 첫사랑을 잊었다는 여자,
그걸 아쉬워하는 여자,
세 딸과 아들 하나를 낳은 여자,
두 딸 시집보낸 것이 아쉬운 여자,
나는 서른 둘에 갔으면 좋겠다는 여자,
나와 한 몸이었던 여자,

이런 여자, 나의 엄마.

그녀표 세계 3대 진미

모닝콜보다 강력한 가상 유혹
뚝배기 계란찜

소면사리 추가한
진라면 순한맛

이것만 있으면 민족대축제
돼지갈비찜

언젠가부터 가오리핏 아이라잌유.

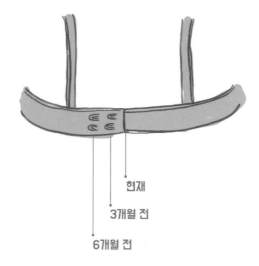

현재

3개월 전

6개월 전

브라컵은 그대로인데
후크만 한 칸 밀려났다.

브라 등살 너마저….

기우제
눈물아 내려라 내려라

여자의 최고 무기라는 눈물.

눈치 없게
나오라고 할 때는 안 나오고
꼭 혼자 있을 때 반 박자 늦게
나오기 일쑤.

너무 남발하면
어디의 미사일처럼 쏘든지 말든지 하고
방관될 수 있으니 자주 사용하지 말아야 한다.

이 무기의 진짜 효력이 발휘될 때는
진심에 기반을 둔 순간 뿐.

나한테 어떻ㄱ….

필터
찍을 때보다 신중

소니엔젤 F/W 한정판 피규어,
커리어우먼처럼 야근하는 내 모습,
경리단길의 스트릿 츄,
오후 4시 53분의 가을 하늘,
방금 막 새로 한 젤 네일,
찰칵.

이것들의 사진을 상대적으로 대충 찍는 이유는
필터 오디션이 기다리고 있기 때문이다.

그 어떤 오디션보다 치열하다는
이 오디션의 심사위원은 나.
누구보다 날카롭고 냉정하다.

"이건 파슬리가 칙칙해 보여!"
"이건 네일의 디테일이 날아가잖아!"
"이건 볼터치가 티도 안 나!"

마이크로 섬세한 지적으로
탈락자들이 속출한다.

TOP10에서 TOP3로,
그리고 준우승을 거친 대망의 최종우승 필터는
열띤 '좋아요'의 축복을 기대하며
업로드 완료!

표정, 빛, 필터까지
완벽한 셀피를 야심 차게 올렸는데
아무 반응이 없다.

🕐 2시간 전

💬 no_subong

#Selfie #기분전환 #네일 #네일아트
#셀스타그램 #데일리 #심심해
#다음엔_무슨_네일하지 #추천좀

♥좋아요   💬댓글

우주에 혼자 있는 기분.

학창 시절, 매일 놀던 친구가
더 좋은 회사에 취직했다.

좋아요, 누르기가 버겁다.

조선 상놈 머리에
구레나룻 두 가닥 붙이면
청순가련 똥꼬머리.

중2병 내 글에
'좋아요' 붙으면
센치한 포스팅.

모르던 남자에
썸이 붙으면
두근거리는 상대.

혼자였을 땐
보잘것없는 것도
무언가 붙어지면
특별한 것으로 탄생.

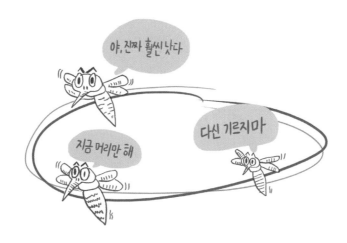

머리를 잘랐는데
너무 과한 칭찬을 들었다.

하루 종일 찝찝함이 모기처럼 맴돈다.

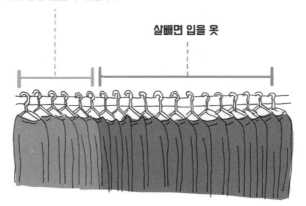

지금 당장 입을 수 있는 옷

살빼면 입을 옷

옷이 있어도
옷이 없는 이유.

예전엔 답장속도 시속 100

요즘엔 답장속도 시속 천천히 SLOW

예전엔 **썸**을 탔는데

지금은 **마음**이 탄다.

얼굴 문자
말하지 않아도 알아요

그는 헤어지자는 말 대신
표정으로 통보하였다.

달콤함이 쏟아졌던 그 입에서
이제 이별을 말하려고 하나 보다.

그를 제일 잘 아는 것이
기쁨이었는데,
이젠 너무 잘 알게 되어
이별 예고편을
나도 모르게 읽어버렸다.

역사 속 위인
이별

어떤 이의
인생 한 페이지에
몇 줄의 흔적을 남겼다는 것은
대단한 행운이 아닐 수 없다.

그러니까,
이별은 내가 그의 인생에서
사라지는 것이 아니라
흔적으로 머무는 것이다.

불가능
마음 접기

접고
접고
접고
접고
접고
접고
접고
접고
접고

못 접고

종이도 10번 이상 접을 수 없는데
사람 마음을 어떻게 접고 또 접을 수가 있어.

그래, 이건 내 의지의 문제가 아니라
불가항력적으로 못하는 거야.

그러니 이 승산 없는 짝사랑을 계속 해야겠다.

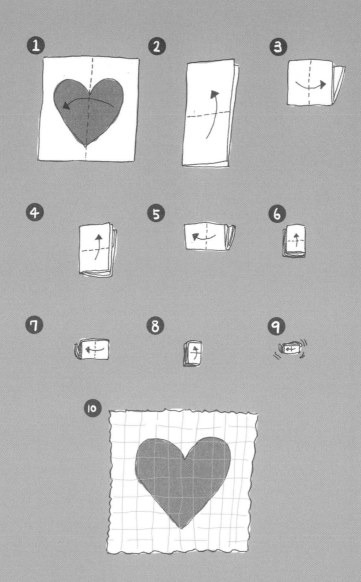

괘씸죄 적용
짝사랑

옆모습만 봐도 좋다.
이름만 봐도 설렌다.

그러다가 덜컥,
마주칠까 도망친다.

아무도 모르게
저 바닥 밑에 꼭꼭 숨겨 놓았다.

그러면서도 들키길 바라는
괘씸한 마음.

짝사랑은
괘씸해서 더 아파야 하나 보다.

궁금해

"너를 사랑해"보다
"네가 궁금해"가 좋아

사 랑 은

사랑해의 마침표로
마무리 짓는 것이 아니라
궁금해의 물음표로
이어지는 것.

자라에서 69,000원짜리 블라우스를
세일해서 19,000원에 샀다.

이 자식들 얼마나 남겨 먹는 거야.

여행 계획 세우느라
블로그 리뷰 100개를 봤다.

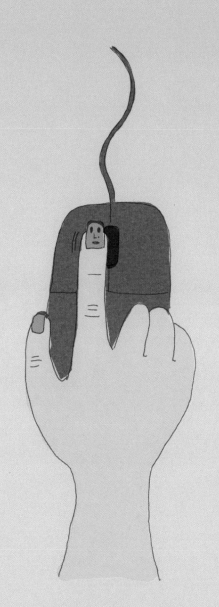

여행하러 가는 건지
리뷰를 실천하러 가는 건지.

모든 인간관계는
서로 엇갈리는
원과 같다

J.스트라터

6

버스 탈 때 민망한 순간들.

 # 1
내가 타는 줄 알고
버스를 세우는 기사 아저씨와
눈이 마주쳤을 때.

 # 2
도착지는 종점인데
내 자리를 탐내는
아주머니가
계속 기다릴 때.

 # 3
내 뒤에 내리는 사람이
한 무더기가 기다리는데
'카드를 다시 대주세요'가
2회 연속 나올 때.

ARS 후원
안부 기근

생일 축하해!
새해 복 많이 받아~
메리 크리스마스♥
즐거운 명절 보내^^

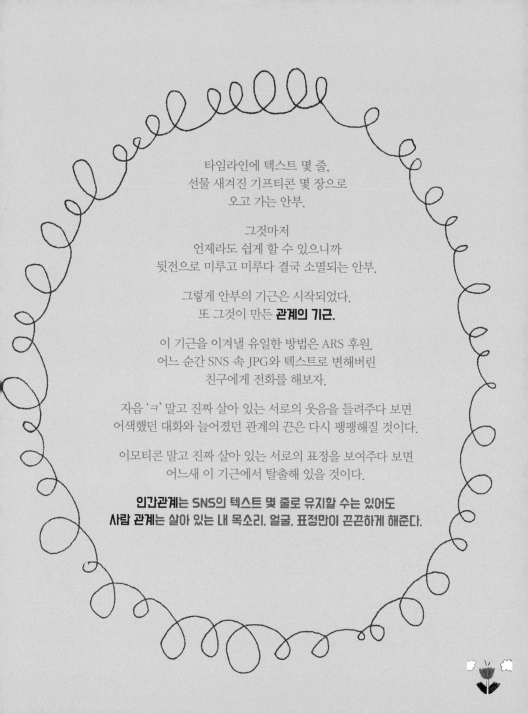

타임라인에 텍스트 몇 줄,
선물 새겨진 기프티콘 몇 장으로
오고 가는 안부.

그것마저
언제라도 쉽게 할 수 있으니까
뒷전으로 미루고 미루다 결국 소멸되는 안부.

그렇게 안부의 기근은 시작되었다.
또 그것이 만든 **관계의 기근**.

이 기근을 이겨낼 유일한 방법은 ARS 후원.
어느 순간 SNS 속 JPG와 텍스트로 변해버린
친구에게 전화를 해보자.

자음 'ㅋ' 말고 진짜 살아 있는 서로의 웃음을 들려주다 보면
어색했던 대화와 늘어졌던 관계의 끈은 다시 팽팽해질 것이다.

이모티콘 말고 진짜 살아 있는 서로의 표정을 보여주다 보면
어느새 이 기근에서 탈출해 있을 것이다.

**인간관계는 SNS의 텍스트 몇 줄로 유지할 수는 있어도
사람 관계는 살아 있는 내 목소리. 얼굴. 표정만이 끈끈하게 해준다.**

허풍
걔? 내가 좀 아는데

"걔? 내가 좀 아는데."

=

걔와 그렇게 친하지 않아.
잠시 얘기 나누어본 게 다야.
실은 내 번호를 모를지도 몰라.
가끔 하트 날릴 때만 톡 오더라고.
그래도 걔를 안다는 건 좀 있어 보이잖아?

풍경화
계산대 앞 아저씨들

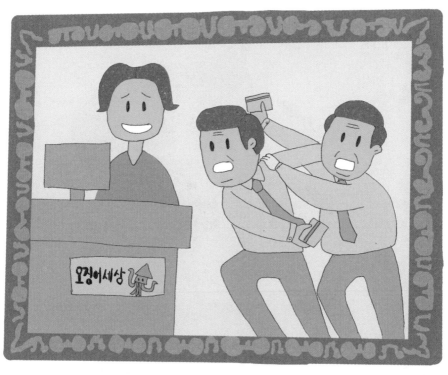

작품명:
에헤이~내가
낸다니까?

어디 횟집 계산대,
얼큰하게 약주 하신 대한민국 아저씨들만이
만들어낼 수 있는 풍경화.

작품명은

"에헤이ー 내가 낸다니까?"

서로의 지갑을 넣어두라며
본인의 지갑을 꺼내고,
계산대 앞 아주머니는 난감해하며 웃으신다.

옥신각신 끝,
재빠른 손놀림의 누군가가 결제 완료의 막을 내리면
패자는 "에헤이ー 내가 낸다니까!"로
기분 좋게 패배 인정.

흉흉한 뉴스로 온 세상이 도배가 되어도
이 풍경화 한 점이 주는 흐뭇함은
레오나르도 다빈치도 감히 그려내지 못한다.

상대평가
아픔

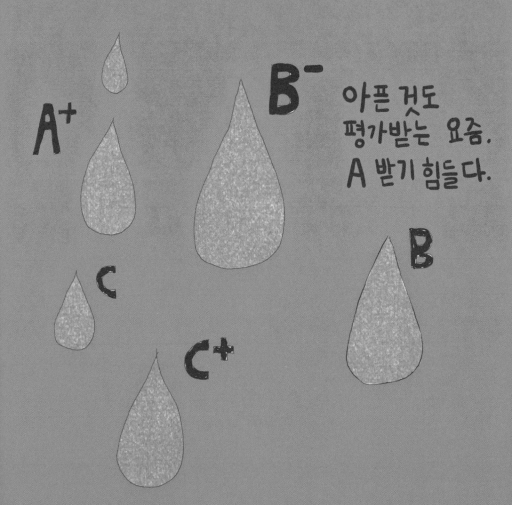

아픈 것도
평가받는 요즘.
A 받기 힘들다.

아플 때,
평범한 말이지만 더 아프게 하는 말.

"그 정도는 아무것도 아니야."
"네 나이 때 다 그래."
"나도 너만 할 때 그랬다."
"걔보다 나으니까 괜찮아."
"너보다 힘든 애도 있는데. 뭐."

누구보다 덜 아프고 덜 힘들기 때문에
내 아픔은 평가절하의 대상이 된다.

학창 시절 내내
상대평가로 점수를 받는 것이
불공평하고 서러웠는데,
아픔마저 상대평가를 받아야 한다니.

아픔에도 등급이 있어야 하고,
아픔에도 상대평가가 생겨버린 것이다.

그것은
타인의 아픔마저 내 아픔을 척도하기 위한
잣대나 희생양으로 만들어버리기도 한다.

누구보다 더 힘들고 더 아파야만
'진짜' 힘든 것은 아니다.

헛소리를 꽥꽥 해대는 사람들의 십중팔구는
혀가 과중업무에 걸렸을 가능성이 농후하다.

말만 하기도 벅찬데
생각마저 혀를 시키니 말이다.

저기요, 생각은 머리에 좀 양보하세요.

LP세대가 까마득하다고 생각했는데
나는 CD세대가 되어버렸다.

문희준을 개그맨으로 알다니….

동음이의어
좋아요

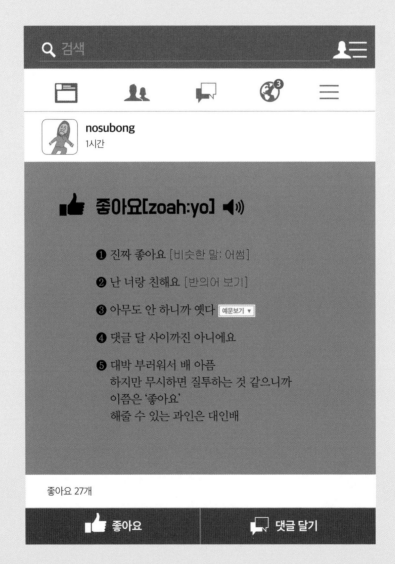

Q 검색

nosubong
1시간

👍 **좋아요[zoah:yo]** 🔊

❶ 진짜 좋아요 [비슷한 말: 어썸]

❷ 난 너랑 친해요 [반의어 보기]

❸ 아무도 안 하니까 옛다 예문보기 ▼

❹ 댓글 달 사이까진 아니에요

❺ 대박 부러워서 배 아픔
하지만 무시하면 질투하는 것 같으니까
이쯤은 '좋아요'
해줄 수 있는 과인은 대인배

좋아요 27개

👍 좋아요   💬 댓글 달기

Your like is

_____

충고를 향한 충고
함부로 하지 마세요

> **충고 (忠告)**
> [명사] 남의 잘못이나 허물을 진심으로 타이름. 또는 그런 말.

사전 풀이의 핵심 키워드는 진심.

상대방이 진심으로 더 나아지길
바라며 해야 하는 것이 충고.
또, 상대방이 처한 상황을 개선할 수 있거나,
방향을 제시해줄 수 있을 때 하는 것이 충고.

그런데 자신의 전례를 내세우거나
권위를 뽐내며 다그치는 것이 충고라고
착각하시는 분들이 더러 있다.
그것들은 대부분 상대방에겐
충고가 아니라
고충이 되기 일쑤.

처한 상황을 바꿀 수 없을 때
필요한 것은 충고가 아니라 위로다.

* 위로의 가장 좋은 방법 160P

시간의 방
사장님과 단둘이
엘리베이터

히트(칠) 발명품.

사장님 탔나 안 탔나

알려주는 엘리베이터.

동사
치맥[Chi:Ma-k]

어원은 치킨과 맥주를 부르기 쉽게 만든 합성어.
일부 직장인 사이에서 은어로 통하다가
전 국민이 애정하는 동사로 등극.

주어, 목적어, 조사가 없이도
문장이 완성되는 신기한 동사로.

'치맥?' 보다

'취뭵?'

소리 내어 맛깔나게 따라 읽어보라~

상대방에게 **"치맥?"** 이라고 말만 해도

'오늘 마시고, 다 잊고 힘내자!'

하고 알아듣는 완벽한 동사.

혼자서는 그 분위기를
절대 흉내 낼 수 없는 동사.

책임 전가
어제의 나

재작년의 내가
작년의 나에게 미룬 책임,

살빼기

작년의 내가
올해의 나에게 미룬 책임,

살빼기

올해의 내가
내년의 나에게 미룰 책임,

살빼기

역사는 반복된다.

입국심사
불법체류자

immigration

새로운 사람을 만나
내 세계에 입국시킬 때는
철저한 입국심사가 필요하다.

마약 소지만큼 위험한
오지랖마피아.

폭탄 테러만큼 두려운
옥설테러범.

이미 불법체류 중인
그들이 어지럽혀 놓은 내 세계에서,
눈치 빵단인 그들을 강제 추방하기란
하늘의 별 따기.

내 세계에 행패를 부릴
불법체류자 입국은
더 이상은 무리인 걸.

사람을 만날 때
더욱 조심스러워질 수밖에.

데자뷰
내가 (　)살이라니

내가 20살이라니

내가 21살이라니

내가 22살이라니

내가 23살이라니

내가 24살이라니

내가 25살이라니

내가 26살이라니

내가 27살이라니

내가 28살이라니

연말연시면 어김없이
찾아오는 데자뷰.

싫어도 겪을 수밖에 없는
짓궂은 데자뷰.

감당할 수 있을 만큼
괴로운 데자뷰.

매번 낯설지만
익숙한 데자뷰.

고통만이
우리를
인간으로 만든다

미겔 데 우나무노

7

음주 시 머리만 취한다고 생각한다면
위험한 착각.

신체 중 취하면 가장
진상 오브 진상이라는 **손가락**.

주된 주사는 SNS에서 세상을 향한 고해성사.
(주어는 생략하지만 본문에서 누구를 향한 말인지
힌트를 주는 화법을 사용함)

운 나쁘면
벌금형으로도 되돌릴 수 없는
주사를 부리기 때문에
사전 조심이 가장 큰 예방법.

게시물 삭제로
숙취 해소를 시도하지만,
이미 되돌릴 수 없다는 것을 알고
숙취가 한 번 더 온다.

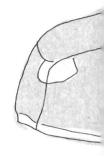

금지
음주 SNS

수정사항 30분 추가되었습니다

Save changes to the Adobe Photoshop
document before closing?

네 | 아니요 | 취소

이제 수정 끝
집 좀 가자

33.3% | DOC·1.79M ▷

노래방 서비스
야근

요즘 야근,
노래방 서비스 같다.

끝나려고 하면
"20분 수정 추가요!"

시스템 종료 누르면
"1시간 수정 추가요!!"

끝날 듯 안 끝나는 밀당 추가 서비스.

넉넉한 광고주님 인심에
행복 샤우팅 질러주겠어.

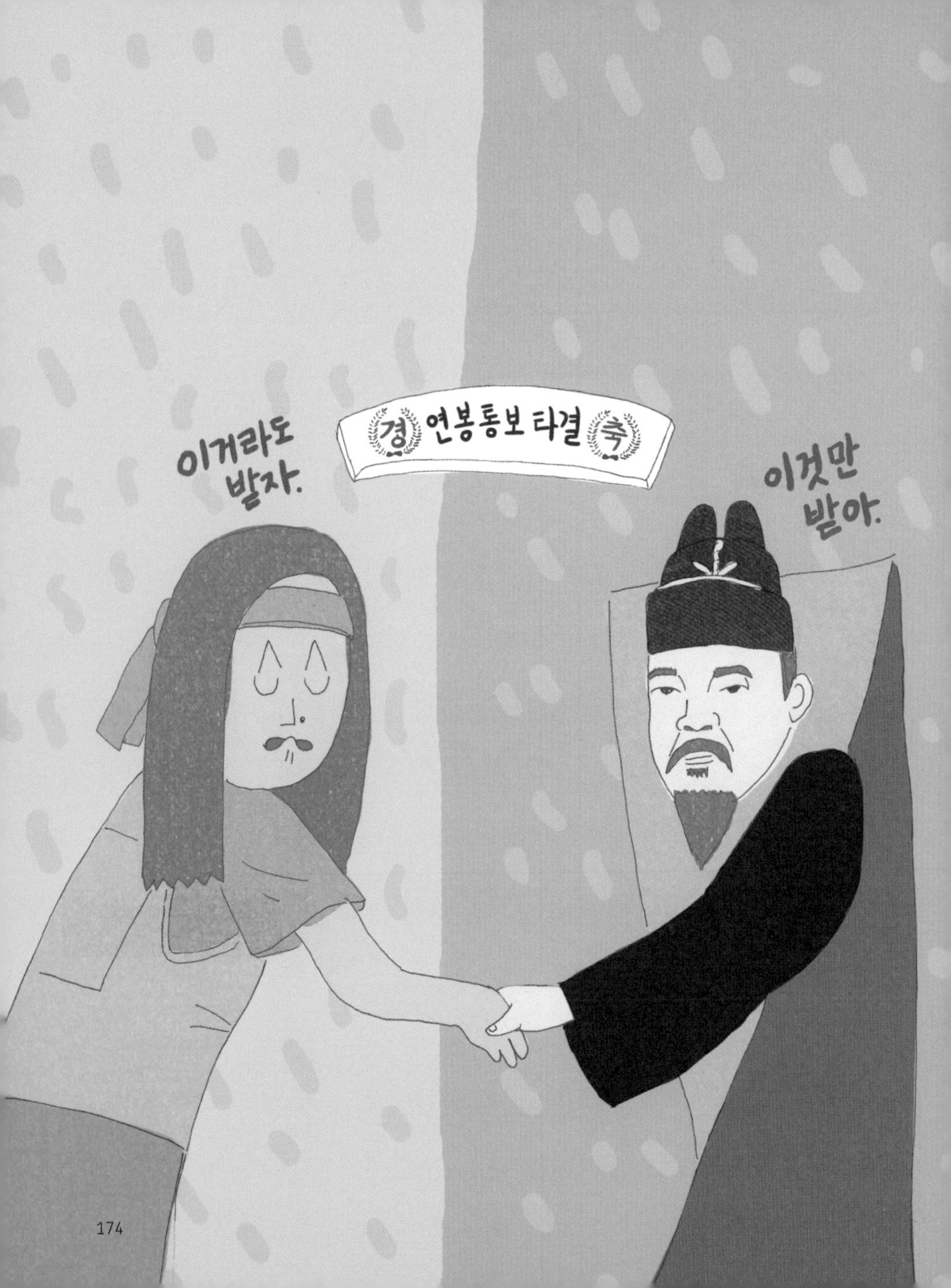

이거라도
받자.
경 연봉통보 타결 축
이것만
받아.

통보
연봉 협상

연말에 개최되는 가장무도회.
파트너는 민주주의 협상의 가면을 쓴 임원진.

처음부터 통보의 얼굴을 봤으면
실망도 적었을 텐데,
협상이라는 매력적인 얼굴로
기대감을 한껏 고조시킨다.

그러다가 막상 민낯을 봐버리면
부푼 희망만큼 깊은 상실감을 느낀다.

통보 시즌만 되면
어김없이 회사 사정이 어려워지는 전통은
찰떡같이 지키는 추세.

"이 정도면 많이 올려주는 거야."

고정 클로징 멘트로
연말 행사는 마무리된다.

상사에게
"자존감을 좀 가져봐"
라는 말을 들었다.

내가 자존감이 없어 보이나?
일주일 내내 자존감이 소멸되었다.

엄마에게 안부 전화가 왔다.
밥도 잘 먹고,
회사 일도 괜찮다고 했다.

베개에 얼굴을 파묻고
엉엉 울었다.

인생의 난
취업난
퇴근난

치열한 취업난을 겪고 취업에 성공하면
눈치열한 퇴근난이 기다리고 있다.

눈치열한 퇴근난을 이겨내는 방법은
자기 업무를 깔끔히 끝내고
당당히 웃으며 퇴근하는 것.
순간의 눈치가 저녁을 좌우한다는 것을 명심.

우리 퇴근, 용기를 내자.

늘 해내왔던 것처럼 언젠가는 극복할 수 있다.

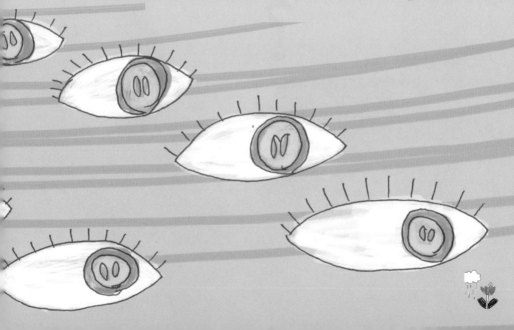

눈칫밥
육아휴직

"돌아오면 내 자리 있을까 몰라."
내가 참 좋아했던 회사 선배는
부푼 가슴으로 입사를 했고
부푼 배와 함께 휴직했다.

"육아휴직 다 쓸 거니?"

출산율 초저국가를 구원할 영웅에게
회사는 따끈따끈한 눈칫밥을 차려주었다.
휴식의 '휴'가 아닌
한숨의 '휴'를 떠먹이는
육아휴직 눈칫밥.

한술 뜨기도 전,
보기만 해도 체해버린다.
'언제 말하지?'
'다 쓸 수 있을까?'
'돌아온 사람 아무도 없는데.'
'아기는 어디다가 맡기지?'
우리의 영웅은
안 넘어가는 눈칫밥을
보리 물에 말아 꾸역꾸역 삼키고
눈치 계산기를 두들기고 있다.

무조건 독려하는 사회 문제 이전에
무조건 독촉하는 회사 문제.

애 낳아서 미안합니다.

상도덕
월요일 보고 금지

그럼 주말 푹 잘 쉬시고
월요일 오전에 보고서 주세요.^^

금요일 오후 5:32

평일과 다름없이
토요일, 일요일 역시 출근하여
열심히 최선을 다해
죽어라 일해서
보고서 완성해주세요.^^

금요일 오후 5:32

월요일보고라 쓰고
주말근무라 읽는다.

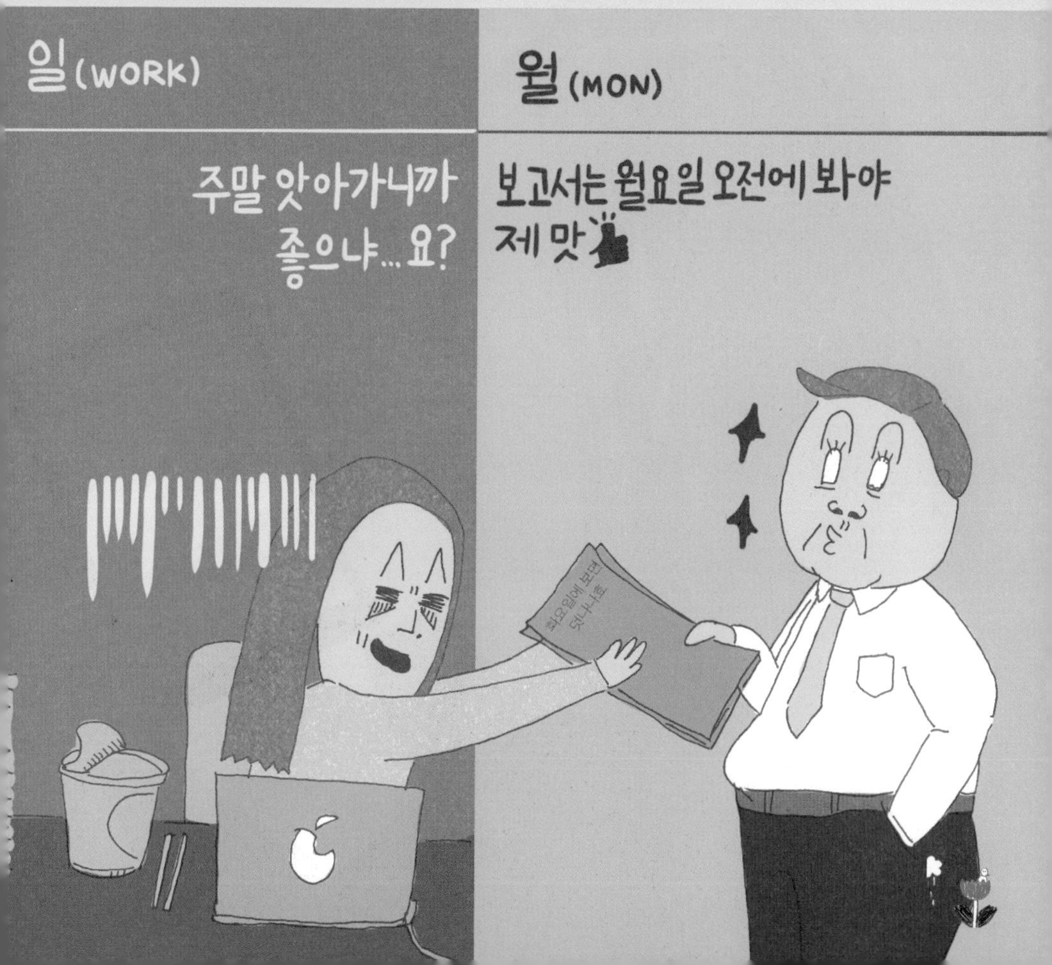

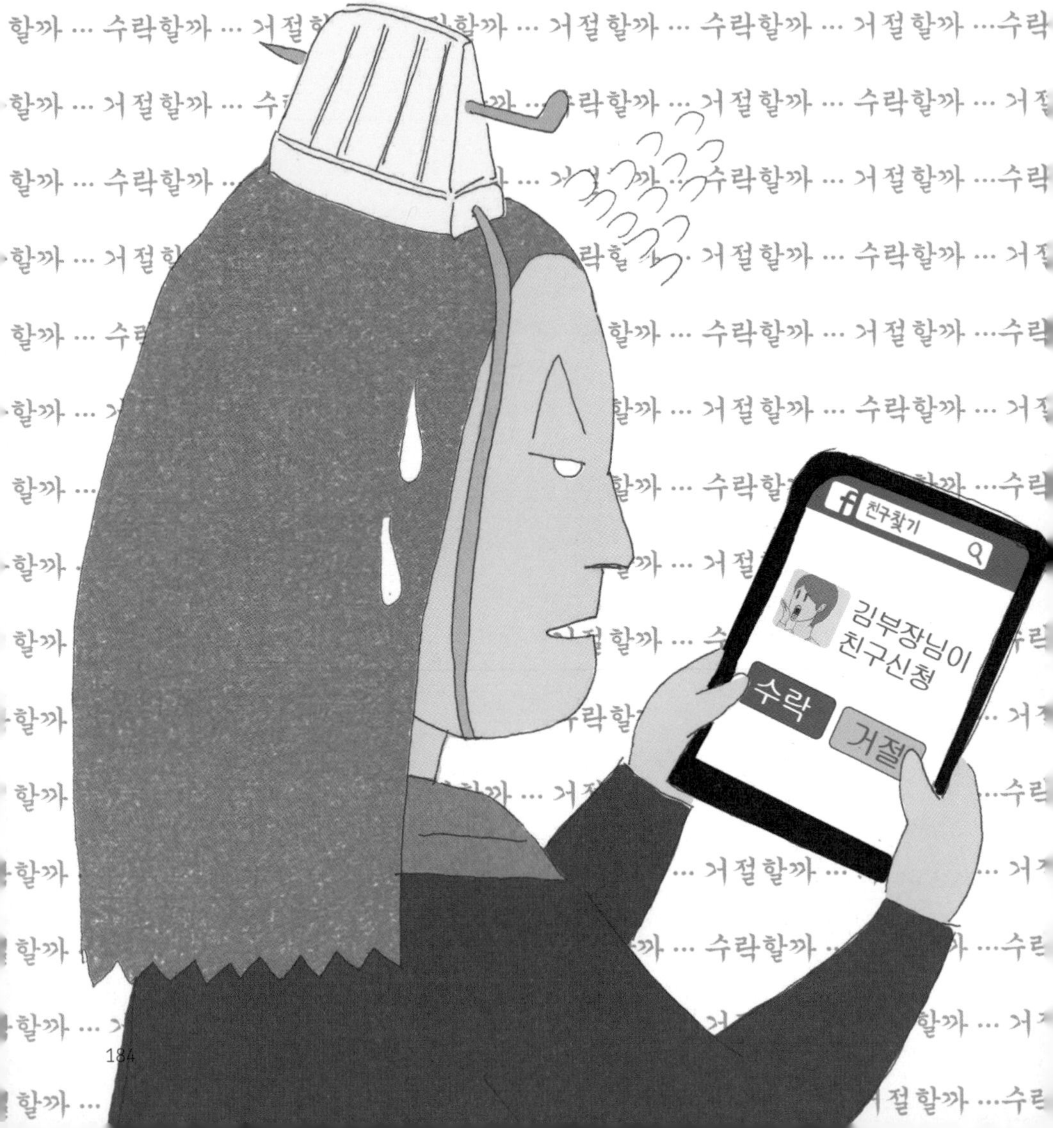
수락할까 … 거절할까 …
친구찾기
김부장님이 친구신청
수락
거절

계륵
상사 친구 신청

… 거절할까 … 수락할까 …거절할까 …수락할까 … 거절할까 … 수락할까 … 거절할까

…수락할까 … 거절할까 … 수락할까 … 거절할까 …수락할까 … 거절할까 … 수락할까

… 거절할까 … 수락할까 … 거절할까 …수락할까 … 거절할까 … 수락할까 … 거절할까

… 수락할까 … 거절할까 … 수락할까 … 거절할까 …수락할까 … 거절할까 … 수락할까

… 거절할까 … 수락할까 …

…수락할까 … 거절할까 …

수락하자니
회사 욕 못하고,
거절하자니
삐칠 것 같고.

… 수락할까 … 거절할까

… 거절할까 … 수락할까

… 거절할까 … 수락할까 …

…수락할까 … 거절할까 …

… 거절할까 … 수락할까 …

이것 참 **개, 윽!** 이구나.

… 거절할까 … 수락할까

… 수락할까 … 거절할까

…수락할까 … 거절할까 …

… 거절할까 … 수락할까 … 거절할까 …수락할까 … 거절할까 … 수락할까 … 거절할까

…수락할까 … 거절할까 … 수락할까 … 거절할까 …수락할까 … 거절할까 … 수락할까

… 거절할까 … 수락할까 … 거절할까 …수락할까 … 거절할까 … 수락할까 … 거절할까

…수락할까 … 거절할까 … 수락할까 … 거절할까 …수락할까 … 거절할까 … 수락할까

… 거절할까 … 수락할까 … 거절할까 …수락할까 … 거절할까 … 수락할까 … 거절할까

갑자기 치통
노대리의 이직 티저

하나.
출력을 보내면 재빠르게 숨기며 가져온다.
(아마 이력서 및 포트폴리오)

둘.
반차가 늘었다.
(아마 팀장 면접, 임원 면접)

셋.
멍 때린다.
(아마 이미 마음은 그곳에)

넷.
모든 일에 관대해진다.
(아마 이별 준비 중)

이런 티저가 반복 상영되면
2주 후 본편 상영 예정 가능성이 크다.

해탈
산은 산이요
야근은 야근이로다

야근은 야근이요,
다음 날 정시 출근은 정시 출근이요.

회식은 회식이요,
집 가는 택시비는 택시비요.

주말은 주말이요,
월요일 보고는 월요일 보고요.

직장인의 필수 미덕,
해탈.

스팸메일 제목에
유행어가 섞여 있다.

스팸메일도 자기 계발 하는데
나는 아직도 제자리구나.

회사 화장실에서 큰일 보는데,
여자 두 명이 계속 수다를 떤다.

나갈 수가 없다.

사람들이
알아내지 못한 것은
해답이 아니라
문제다

길버트 키스 체스터턴

8

팬의 조건
그냥 좋을 뿐

나 Adam Levine의 Lost Stars 노래가 너무 좋아.

걔 오스카 시상식 버전 봤어?

아니~.

그걸 안 보고도 걔 팬이라고 할 수 있어??ㅋㅋ

그거랑 리믹스 버전, 라이브 버전은 봐야지. 그래도 SNL에 나온 거랑 The Voice는 봤겠지? 그것도 안 보고 걔 팬이라고 말할 순 없어. 내한 콘서트 S석 예매는 했지??

아니, 난 그냥 Lost Stars를 부르는 Adam Levine이 좋을 뿐이야….

누군가를 좋아할 때
전문가 자격증이 필요하다는 법은
어디에도 없다.

사막화

감수성

전 세계적인 사막화 문제는
인터넷 뉴스에서만 볼 수 있는 장면은 아니었다.

뭘 봐도 시큰둥.
뭘 해도 그러려니.

키보드의 'ㅋ'에는 관대한데
입꼬리의 키득에는 인색해졌다.

소녀처럼 **꺅-** 하고 좋아했던 적이 언제였을까.

일에 치이고 사람에 치여
좋은 것을 보고도 제대로 좋아하지 못하게 되어버린
사막화된 감수성.

상사와 위트의 나무를 심고,
리뷰 속 요리해보기의 나무를 심고,
부모님과 대화의 나무를 심고,
오늘 하루에 감사의 나무를 심어

이 글로벌적인 위기를 벗어나기를 촉구합니다.

단어 척결
1등 신붓감

2등, 3등 신붓감도 있니?
어디에 숨겨놓았니.

등수 매기기에 익숙해져버린 나머지,
우리 사회가 실수를 저지르고 말았다.

너무 자연스럽게
남발되는 이 단어는
지금부터 자체 검열.

신부는
등수의 대상이 아닌
사랑의 대상입니다.

핑계우스의 띠
시작

[영어 공부 해야지!]

영어 공부 하려면 학원 다녀야 한다.
학원 다니려면 **일찍** 일어나야 한다.
일찍 일어나려면 일찍 자야 한다.
일찍 자려면 **칼퇴** 해야 한다.
칼퇴 하려면 **사장님**이 되어야 한다.
사장님이 되려면 영어 공부 해야 한다.

핑계의 어머니는 핑계.
그냥,
지금,
당장,
시작.

자격 박탈
비둘기 욕

뒤뚱뒤뚱 닭둘기.
"쟤는 날개도 있는 놈이 날지도 않아"
하고 더 이상
욕할 수 없게 되었다.

거울을 보니
열 손가락, 열 발가락을
갖고 있는 놈이
멀뚱히 눈만 껌뻑껌뻑.

나태함과 편안함에 빠져
가능성을 매장시킨,
나는 두 발로 서 있는
비둘기 한 마리.

빨간 날
빨갛지 않아요

모든 것에는 감수성이 발기하지 않아도 유독 '빨간 날'에 대한 흥분은 남다르다.
연말이면 '내년 휴일 개수는?' 같은 게시물에 마우스가 먼저 간다.
다음 달 달력을 넘길 때면 꼬마가 여인의 치마를 들춰 보듯,
주중에 섞인 빨간 날을 슬쩍 아이스께끼하고는 기뻐한다.

어른이 될수록 역사적 의미는 퇴색하고
'주말 연속 쉴 수 있는가―'에 초점이 맞춰지는 빨간 날.
그중에서도 연인들의 대축제라는 크리스마스.
인류 대이동을 피해 감자칩과 맥주를 사러 집 근처 편의점에 갔다.
딸랑 종소리를 내며 편의점 문을 연 것이,
카운터 구석에서 곤히 주무시는 아저씨를 깨웠다.
아저씨는 언제 잤냐는 듯 "어서오세요"라고 나를 맞이해주셨는데,
문득 '빨간 날이 빨갛지 않은 사람도 있구나' 하고 깨달았다.

빨간 날을 빨갛게 보내려는 사람들을 위해
빨갛게 보내지 못하는 분들은 곳곳에 숨어 있다.
24시간 편의점 알바생이 그렇고,
북적이는 명동을 취재하는 기자가 그렇고,
정규직이 되기 위해 출근한 인턴이 그렇고,
연인들을 위해 서빙하는 웨이터가 그렇고,
건물에 도둑 들까 추위에 떨며 지키는 경비 아저씨가 그렇고,
새벽까지 연장 운행하는 버스기사 아저씨가 그렇다.

빨간 날을 빨갛게 보내게 해주셔서 감사합니다.

세상에
단 하나뿐인
2015. 3.14
삼겹살 먹는
우리 엄마 사진.

인증샷
그녀 얼굴

맛집 음식,
락페스티벌,
별빛 퇴근길,
남자친구 얼굴,
속초 바다 여행,
금방 핀 벚꽃.

놓치고 싶지 않은
인생의 찰나를 간직한 인증샷.

그런데,
길고 긴 사진첩 스크롤을 내려도
가장 중요한 피사체는 보이지 않는다.

온종일 내 생각만 한다는
피사체는 바로 그녀.

나를 위해
주름이 늘어난 그녀를 찰칵.

나 때문에
흰머리가 또 생긴 그녀를 찰칵.

인생에 단 한 번밖에 없는
오늘의 엄마를 찰칵.

사계절

봄가을이 제일 좋다
공과금이 제일 적다

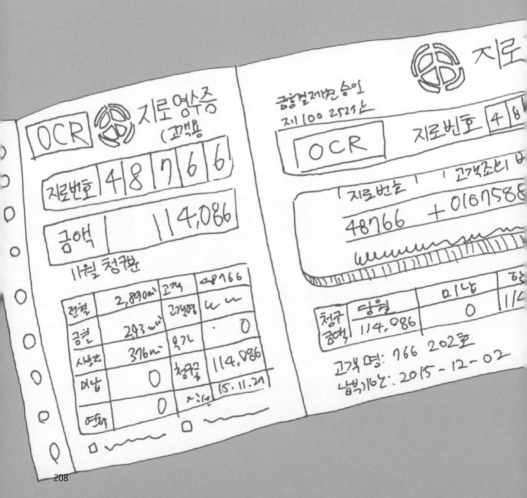

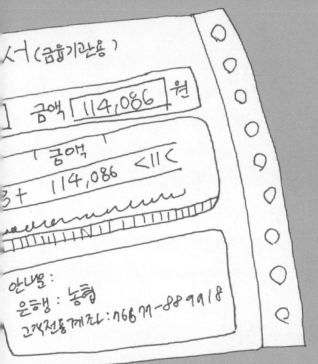

서 (금융기관용)

금액 | 114,086 | 원

금액
3+ 114,086 <II<

안내문 :
은행 : 농협
고객전동계좌 : 76677-889918

-어느 자취인의 고백-

여름은 전기세 때문에 싫어지고
겨울은 가스비 때문에 싫어지는
여자가 되고 말았다.

오늘도 쌓았다
어른 마일리지

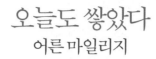

명절, 인사치레 카톡 돌리는 나 77 point

안 웃긴데 웃어주는 나 49 point

화나는데 안 난 척하는 나 37 point

상사의 셋째 돌잔치도 가는 나 18 point

점심 with 부장님. 이틀 연속 국밥 먹는 나 20 point

 230 point 주말, 상사 전화 상냥하게 받는 나

이렇게 차곡차곡
어른이 되어가는구나.

가장
MY BEST

가장 멋있지만,
가장 멋을 모르고

가장 할 말이 많지만,
가장 말수가 적고

가장 힘세지만,
가장 힘든

그 이름, 가장.

하나,
둘,
셋,
넷...

이제는 아빠의 흰머리를 세는 걸
포기했다.

눈물 질량 보존의 법칙
지금 울어도 괜찮아

지금 참은 눈물은
언젠가 다른 눈물에
적립되어 흐른다.

어차피 흐를 것
참지 않아도 괜찮다.

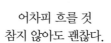

울고 싶을 땐 그냥 울면 된다.

위험은
자신이 무엇을 하는지
모르는 데서 온다

워렌 버핏

9

1시
점심 종료 증후군

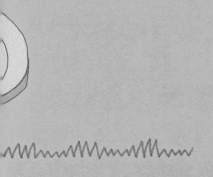

가슴 뛰고,
불안하고,
초조하고,
시계 확인,
한숨 연발.
팔백만 직장인이
1시에 겪는
점심 종료 증후군의 흔한 증세.

점심시간 파라다이스에
잠깐 출국했다가
사무실에 입국할 때
겪는 흔한 증후군.

매일 겪는데도
매일 낯선 증후군.

인턴
청춘흡혈

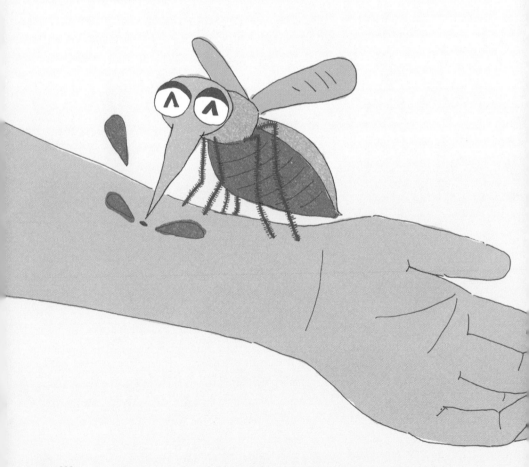

참을 인, 되돌아갈 턴.
인턴.

참고 참고 또 참으면
정직원이 될 것이라는
작은 희망에
다시 한 번 참다가
결국 무직으로 되돌아가는
직업 아닌 직업.

희망고문만 당하다
눈치에 비명 소리 한 번 못 지르고
금쪽같은 청춘의 시간만 다 내주는
이 세상에서 가장 숭고한 직업.

똥매너
금요일 회식

'금요일'에 '회식'이 붙어버리는 건
피자에 된장이 붙은 것만큼 부조화스럽다.

금요일엔 가족이 붙어야 하고
금요일엔 친구가 붙어야 하고
금요일엔 연인이 붙어야 하고
금요일엔 칼퇴가 붙어야 한다.

그래야
'金'요일의 본질처럼
반짝반짝 빛이 나는 날이 된다.

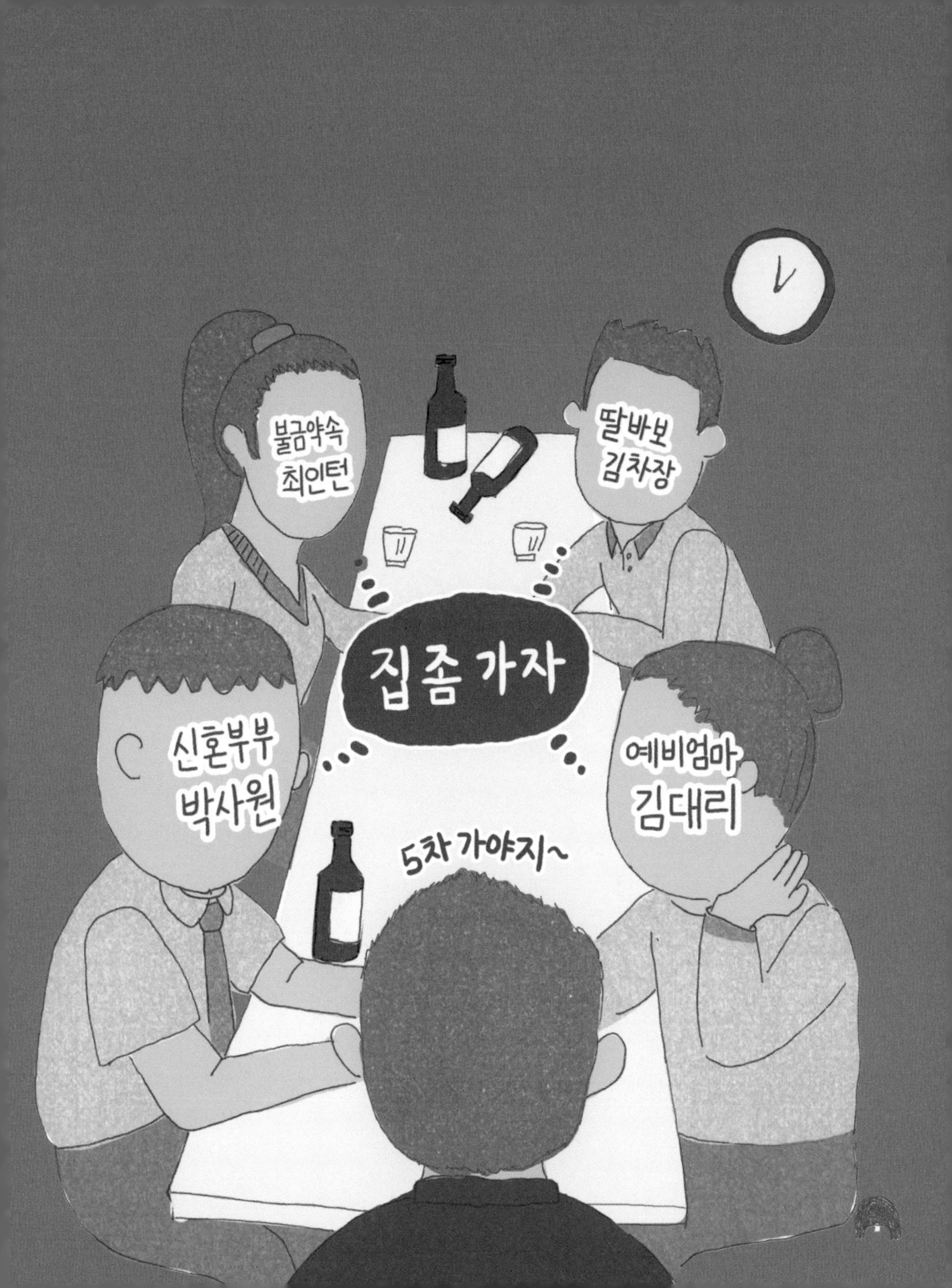
불금약속
최인턴
딸바보
김차장
집좀 가자
신혼부부
박사원
예비엄마
김대리
5차 가야지~

열심히 하는 것보다
잘하는 것이 중요한 줄 알았다.

때로는
잘 보이는 것이 더 중요하다.

기상, 출근, 밥, 퇴근, 늦잠.
몇 달째 일주일 도돌이표.

내 일주일 음표에
같은 음만 들리는구나.

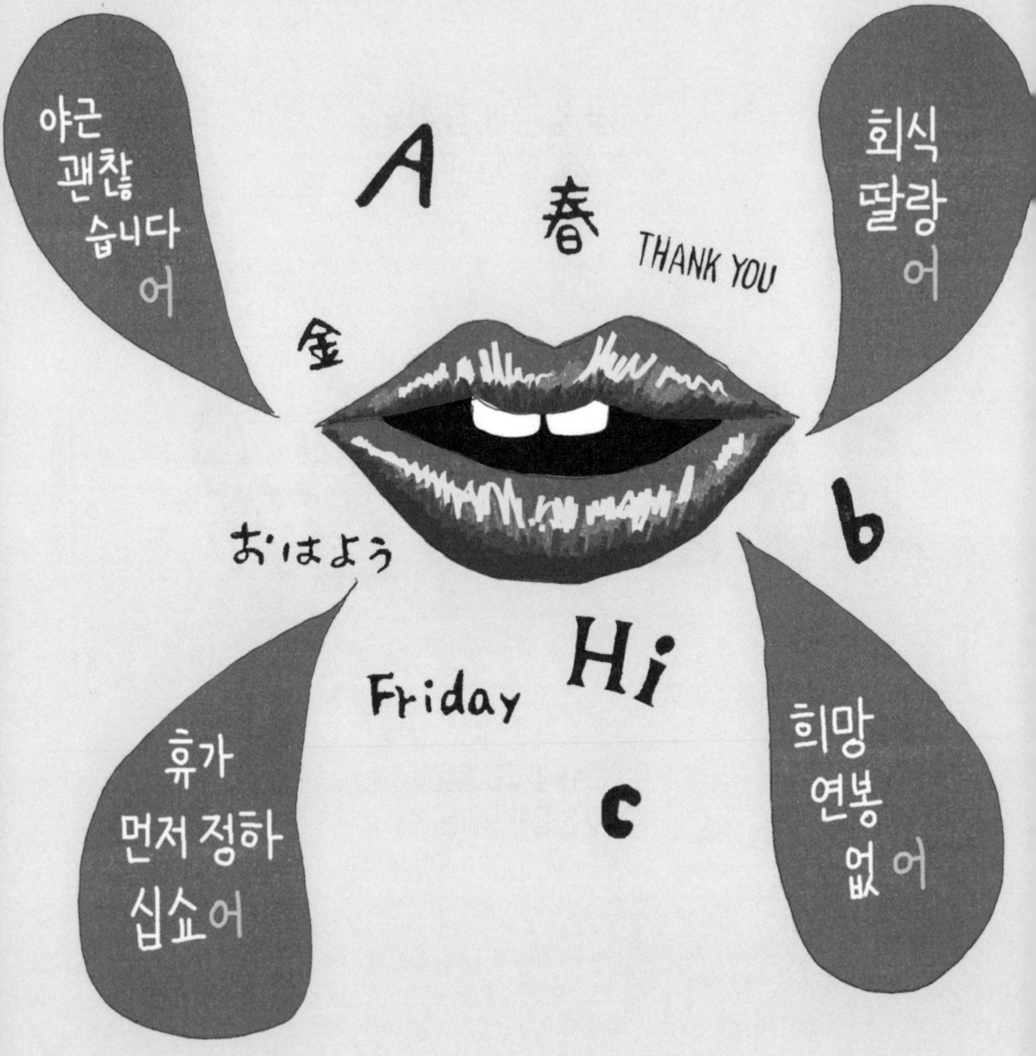
야근
괜찮
습니다
어
A
春
THANK YOU
회식
딸랑
어
金
b
おはよう
Hi
Friday
휴가
먼저 정하
십쇼어
c
희망
연봉
없어

4개 국어
요즘 회사 인재상

불어, 중국어, 아랍어, 독어보다
어렵고 복잡하다는 '직장인 4개 국어'.

오직 대한민국 직장인만
구사할 수 있는 언어로,
전 세계 언어학자들이
역사상 전무후무한 언어라고
인정했다는 후문.

토익 900점만 준비하면 될 줄 알았는데
인정받는 직장인의 구사 언어는 따로 있다는 사실,
취준생은 모른다.

한 가지 위로받을 사실은
인강이나 교재는 따로 없지만
사바사바 상사가 있다면
무료 눈치 수강이 가능하다.

대부분 직장인은 3년 차 즈음
2개 국어 이상 구사하는
자신을 보고 놀라게 된다.

질소 포장

세전 월급

세금질소로 빵빵하게 ✗

매달
세전 월급이라도 받았으면 하는
거창한 소망을 가슴 한편에 묻어두고

오늘도 출근합니다.

하루살이
회식 우정

내일 출근길 엘리베이터.

박사원 : 아…. 안녕하세요.
김대리 : 어? 어어~어.

(침 묵)

최신 개봉작
월차

월차 (The Wolcha) `예매율 1위`

관람객 ★★★★☆ 9.04 | 네티즌 ★★★★☆ 9.04   평점주기 ▶

액션, SF, 판타지, 서스펜스, 스릴러 | 121분 | 한국 | 직장인 관람가
감독 박부장
주연 노대리
내용 진격의 노대리, 5월 샌드위치 연휴를 사수할 수 있을 것인가?
　　　비행기 표는 이미 끊어놨다! 초까칠 박부장의 월차 승인을 향한 숨 막히는 스릴러...　더보기

평점/리뷰
★★★★★ 10　다음 주도 예측할 수 없다 _박과장
★★★★★ 10　적절한 타이밍이 생명 _최사원
★★★★★ 10　쓰라고 준 건데 쓰면 눈치 보여 _박차장

주몽 신화
내가 너 때는

5일을 회사에서
밤새도 졸리지 아니하고,

하루 만에 보고서를
일곱 개씩 쓰고도
모두 한 방에 결제가 되고,

날 흠모하지 않는
사내 여직원이
존재하지 아니하고,

과인이 없으면
회사가 돌아가질 않아
사장님께서 크게
칭찬하셨다 한다.

틀린 말

칼퇴(X) ⇨ 정퇴(O)

저기, 부장님.

당신은 퇴근 시계 시침이

아닙니다만!

윗물이 퇴근해야
아랫물이 퇴근한다.

저 인간을 달래는 것이
오늘 가장 힘든 업무.

이력서에 토익 점수는
왜 넣으라고 한 거니….

예술은
삶의 한 형태다

리처드 월하임

10

희망고문
50:50

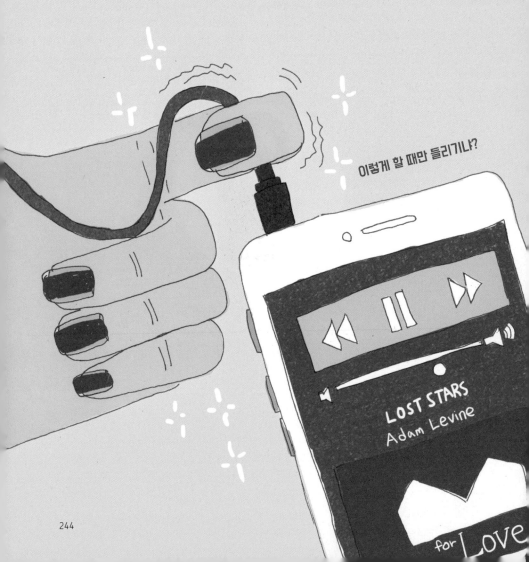

이렇게 할 때만 들리기나?

LOST STARS
Adam Levine

for Love

☑ 이어폰이 반만 고장.

☑ 보행자 신호등 초록칸이 반만 남음.

☑ 면접에서 반만 마음에 든 눈치.

☑ 썸남의 연락 횟수가 반으로 줄어듦.

희망고문.
이러지도 저러지도 않은
어중간한 반절의 희망으로
사람을 안달 나게 하는 것.

반만 마음을 준다는 것은
기대감을 잔뜩 조성하고는
잘 되면 고작 안도의 한숨뿐이고,
잘 안 되면 깊은 실망을 안겨주는
세상에서 가장 사악한 짓.

대한민국 평'균'
머릿속 대장균

대한민국 평**'균'**
내 인생을 평생 졸졸졸.

평균을 맞추지 못하면 낙오된다는
강박관념에
오늘을 피폐하게 만드는
머릿속 대장균.

상천 오백은 넘어야지!!!

서른 살엔 가야지!!!

연봉 평균

결혼 평균

이십 평은 살아야지!!!

신혼집 평균

진부함
위대함

― 진부해지기까지의 기나긴 여정 ―

일단 어떤 위대한 것이 만들어진다.

물리고 물리고
또 물릴 때까지,
나도 보고
내 옆 사람이 보고
내 옆 사람의 옆 사람이 본다.

그러려면 누구나 수용할 만한
평균 감동이 있어야 하고,
그 평균 감동을 찾으려면
최고와 최악을 오고 갔던
고통의 찌꺼기를 거쳐야 한다.

그러니까
진부한 것은 진부하지 않다.

꿈　청춘 열정
행복　삶　선물
배려 도전　집
미래 사랑 친구
열정 우정 끈기
희망 가족 하루
건강 안녕 아침

너무나 위대한 말인데
너무나 자주 쓰여
너무나 진부해진 말들.

평소처럼 눈의 스크롤을 빨리 내렸다면
다시 올라가 한 획 한 획 감동의 여운을 느껴보길.

불안하면 행복하고 싶고
행복하면 불안하고.

까치를 본 날은
정말 좋은 일이 생기고 만다.

좋은 일은 까치가
물어다 준 것이 아니라
좋은 일이 생길 거라는
믿음이 물어다 준다.

무상배포
차세대 화면

보다 더 생동감 넘치는 화질.
자연 그대로의 색감을 재현하는 화소.
휘어진 것 이상의 압도적인 몰입감.

놀랍게도 사전 예약 없이
바로 사용 가능합니다.
선착순 딱 한 분 무상배포.

고개를 45도만 들면 바로 득템!

5인치니, 6인치 플러스니
1인치 싸움에 연연하지 말고,
두 눈이 주는 화면으로
세상을 바로 마주해보세요.

이 세상 그 어떤 액정이나
화면으로도 볼 수 없는
드라마가 무상방영됩니다.

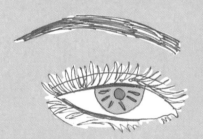
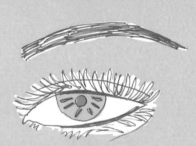

찜질방
케이블 방송

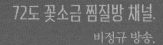

72도 꽃소금 찜질방 채널.

비정규 방송.

MC는
이 근방에서 입담이
꽤나 걸쭉하기로 유명한
목욕커 아지매들.

이야기가 무르익으면
여기저기서 자발적 MC가
추가된다.

마녀사냥 저리 가라할
29금 뒷담화.

옆자리에 슬쩍
한 자리 잡고
자는 척 방청객 자청.

예고편만 들어도
절대 자리를 뜰 수 없는
지상 최대 토크쇼.

조카와 여행을 떠났다.

남자친구와 여행을 떠났다.

친구로 돌아왔다.

온천에서
1시간 째
올 누드 가위바위보.

띠띠동갑 베프 탄생.

남자친구를 여행했다.

손잡이 더럽다고
휴지로 잡고
10분 마다
데톨 중.

그는
깔끔쟁이가 아니라
깔끔장이였다.

어플 말고
내 하루에도
새 소식이
있었으면.

그래서 머리를 잘랐다.

회사 - 집
집 - 회사
회사 - 집

안구정화
책 제목 읽기

종합	연예	스포츠	라이프

[포토] 잔도연, 산다라노 같은 옷 다른 느낌

백신혜 셀카, 저 예뻐요?

갱민경, 과거 리즈시절 공개

'1박 3일' 촬영 미공개 컷

[디수패치]스타커플 탄생♡ 데이트컷

여배우의 SNS. 점심 직접 만들어 먹어…

미움받을 용기

살면서 쉬웠던 날은 단 하루도 없었다

시를 잊은 그대에게

어떻게 죽을 것인가

너는 나에게 상처를 줄 수 없다

정의란 무엇인가

서점에 가서
책 제목들을 훑는 것만으로도
인스턴트 뉴스에
단련된 죄책감이 덜어진다.

소소한 민망1
엘리베이터 잡아줬는데
1층 살 때

큰맘 먹고 친절을 보였건만,
친절 너마저.

소소한 민망2
시장에서 흥정했는데
단호박일 때

많이 샀는데
좀 깍…

안됩니다.

아… 아… 넵!

개걸윷 인생
모 아니면 도

**입시 아니면 재수
연애 아니면 솔로
짜장 아니면 짬뽕
낭비 아니면 짠돌
취업 아니면 백수
부자 아니면 거지
결혼 아니면 미혼**

모 아니면 도,
두 가지 선택권에
내 인생을 구겨 넣은 나.

모 아니면 도,
그 사이엔 얼마나 많은
개걸윷이 있었을까?

무수히 흘려보내버린
개걸윷 인생.
아니, 알고 보면
개걸윷 사이에도
무수한 윷판이 있었을 수도.

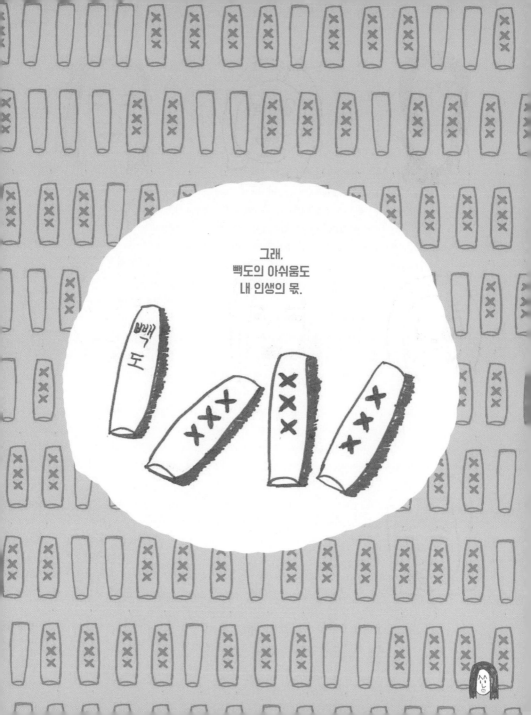

노수봉 by 수진

노수봉 by 초롱

노수봉 by 수경

노수봉 by 소현

노수봉 by 지나

노수봉 by 문수

노수봉 by 콩냐

노수봉 by 명진

노수봉 by 유경

노수봉 by 엄마

노수봉 by 아빠

노수봉 by 함쿠시

노수봉 by 다희노이

노수봉 by 현지(4살짜리 조카)

노수봉 by 원진

노수봉 by 사랑(2살짜리 조카)

노수봉 by 기원

노수봉 by 단비

노수봉 by 정서

노수봉 by 정규

노수봉 by 한나

노수봉 by 베라

노수봉 by 행림

노수봉 by 현지

노수봉 by 서연

노수봉 by 진희

노수봉 by 소란

나를 만든 건 8할이 당신들 덕.